아띠 아띠,
내 곁의 행복이
보이기 시작했어

# 아따 아따,
# 내 곁의 행복이
# 보이기 시작했어

쵸밥 지음

니들북

# 목차

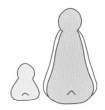

# 아주 작고 작은
# 한마디일지라도

웹툰 〈아띠아띠〉는 "모든 사람들이 날 싫어하고 미워하는 것 같아.", "무슨 상관이야 난 널 좋아하는데."라는 펭귄과 병아리의 대화를 그리며 시작되었습니다. 이 작품을 연재할 때 그린 첫 번째 컷이었습니다. 이 한 컷이 없었다면 지금의 아띠아띠는 없었을 거예요.

저는 이 작품을 통해 작지만 큰 위로를, 다르지만 틀리지 않은 사랑을 보여드리고 싶었습니다. 아주 작고 작은 한마디일지라도 그걸 들은 이에게는 결코 작지 않은 힘이 될 수 있습니다. 그런 메시지를 담아 그리고자 했고, 또 이 작품 자체가 위로가 되어주기를 바랐습니다. 또한 세상에는 다양한 사랑의 모습이 존재하고 그 사랑은 무엇 하나 틀리지 않았음을, 행복해지고자 하는 마음은 모두 같다는 것을 이야기하고 싶었습니다.

연재할 당시 독자분들이 써주신 감상 후기를 항상 챙겨보았는데, "힘들고 지칠 때 아띠아띠를 보고 다시 힘을 냈다"는 글을 볼 때마다 정말 뿌듯했습니다. 저도 독자분들의 후기로 힘을 내고 마지막까지 그릴 수 있었습니다. 책으로 보고 싶어 하시는 많은 요청 덕분에 기회가 되어 펀딩 단행본이 만들어지기도 했고, 드디어 책 『아띠아띠, 내 곁의 행복이 보이기 시작했어』로 새롭게 만나 뵙게 되었습니다.

잠시 쉬고 싶을 때, 위로받고 싶을 때, 마음이 따뜻해지고 싶을 때 이 책이 여러분들을 위한 쉼터가 되었으면 좋겠습니다. 감사합니다.

쵸밥

어항
밖.

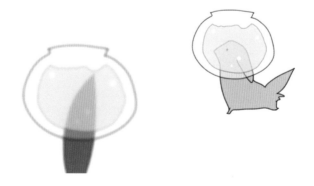

그랬는데

내가 보는 세상만이
이 세상의 다가 아니라는 것을

더 넓고 더 선명한 세상이 있을 수도 있다는 것을
인정하는 순간,

그때부터 넓어질 거예요.
당신의 세상은.

사
랑
이
란.

저마다의 모양.

저마다의 온도.

저마다의 향기.


사랑이 무엇인지 물었을 때

다들 다르게 대답하는 이유입니다.

누구에게나 있는 것.

하지만
나쁘지 않아.

세상엔 누구나 가지는
권리가 한 가지 있어

그것만 잊지 마.

?

그게 뭔데요?

행복할 권리는 누구에게나 있다.

쉬
어
도
돼.

있지 난,

힘들면 포기해도 되고
잠시 쉬어도 된다는 걸

아무도 알려주지 않아서
그게 참 힘들었어.

힘들면 쉬어도 돼.

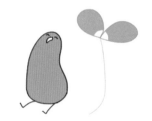

힘들면 잠시 쉬어도 돼요.

그게 포기는 아니에요.
나를 포기하는 일이 아니잖아요.

나를 위한 일이지요.

나는 좋아.

그러게.
이유는 모르겠지만
나는 네가 좋아.
그냥 좋아.

특
별
한

사
람.

모두들 절 보고 괴물
독수리라고 하지요.

네.

무섭고.

네.

잔인한
사냥꾼이라고.

네.

근데 왜 잉꼬 씨는 절
안 피하시나요?

나를 알아봐주는 사람.
나에게는 특별한 사람.

많은 이들이 찾고 싶어 하는 그 사람은
삶이 숨겨둔
커다란 행복 중 하나입니다.

반
절.

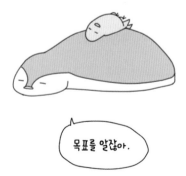

목표로 가는 길에
자꾸만 걱정이 고개를 들지만

지금까지 해온 과정이 기특하다.
목표를 아는 것만도 많이 했다.
나는 이미 잘 됐고, 더 잘 될 수도 있다.

불안해하는 마음에 속삭여줘요.

오늘을 행복하게.

지금 당장의 행복을 만끽해요.

평생 행복하고 싶다면, 오늘을 행복하게 지내요. 우리.

괜찮은 척.

저 애는 정말
강한 것 같아.

응. 저런 심한 말에도
끄떡없고 대단해.

그럴 리가 없잖아요.

저도 똑같은 사람인걸요.

부서진 마음 애써 털어낸 척,

부서진 적 없는 척,

힘주어 웃고 있을 뿐인걸요.

네가
좋아
하
니
까.

사랑이 뭘까?

너 아침 광합성
싫어하잖아.

응.

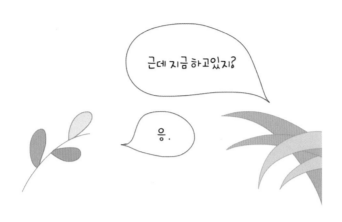

근데 지금 하고있지?

응.

왜?

그야 네가
좋아하니까.

49

바로 그거야.

네가 걷는 걸 좋아하니까 나도 걷는다.
네가 단 걸 좋아하니까 나도 먹는다.
네가 하니까 나도 한다.

사랑하니까 하게 된다.

이
별
은.

이야 오랜만이다.

어떻게 잘
살고 있냐?

제수 씨는 잘
지내고?

다시 만날 때까지 조금
오래 걸릴 뿐이지.

이
제
야

만
났
네
요.

평생을 함께할 당신.

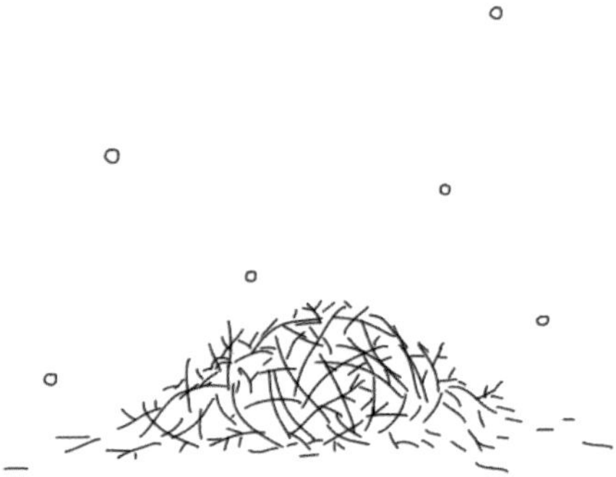

남
자
다
운

것 .

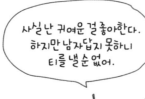

사실 난 귀여운 걸 좋아한다.
하지만 남자답지 못하니
티를 낼 순 없어.

글쎄.

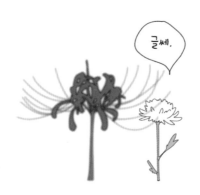

네가 남자라면
네가 하는 모든 행동이
다 남자다운 거야.

같은 실수.

실수했던 걸 또 실수할 수도 있죠.

난 사람이니까요.

생
에

단

하

루.

그 하루 때문에 네가 너무 슬퍼하고
힘들어하지 않았으면 해.

죽는 날 하루를 걱정하느라
즐거워해도 될 긴 삶을
내내 슬퍼할 수는 없어요.

죽은 날 하루를 슬퍼하느라
그동안 즐겁게 지내온 나의 삶까지
슬프게 생각하지는 말아요.

살아있는 행복한 시간만을
살아온 행복한 시간만을
생각하고 기억할 수 있다면 좋겠어요.

너
랑

있
으
면.

나를, 내 인생을,
성공한 인생으로 만들어주는
너라는 존재.

안
믿
었
는
데.

맛있는 걸 먹으면
그쪽한테 주고 싶고

재밌는 걸 보면 그쪽한테
보여주고 싶어요.

그거 참
다행이네요.

저만 그런 줄
알았는데.

생각하는 시간이 부쩍 늘어난다.
좋은 걸 보면 보여주고 싶다.
내게 오는 다정한 눈길에
어느 순간 그 사람을 믿게 된다.


믿을 수 있는 사람이구나, 마음을 연다.

행
복
하
게

해
줘.

행복하게 해줘.

생각해보면 사랑이라는 게
행복하기 위해 하는 거였고
행복하니까 어느새 하고 있고 그런 건데

문득 보니
이 사랑이 내게 뭘 줄 수 있는지
내가 해서 좋을지 어떨지
재고 따져보고 있더라.

사랑은 사실
행복으로 그 모든 걸 감싸주는 힘을 지녔는데.

잘
한

일.

세상은 100가지
잘한 것보다

1가지 잘못한 것을
기억하지.

하지만 그렇다고
잊으면 안돼.

우린 100가지나 되는 잘한 일도
있다는 것을 말야.

좋
아
하
는

사
람.

인생의 행복을 좌지우지할 수 있을 정도로
강력한 힘을 지닌 사람.

신경 쓰지 말아요.

신경 쓰지 말아요.
헐뜯는 말, 날카로운 말.

나의 소중한 사람이 한 말도 아닌걸요.

울지
말아요.

당신을 싫어하는 사람 때문에
울지 말아요.

당신이 울면
당신을 좋아하는 사람들이 슬퍼질 거예요.

끝이 두려워.

끝이 두려워서 시작하지 못하고 있나요?

시작하고 싶은 마음이 크다면
어느새 끝을 걱정하지 않고 달리고 있는 자신을
발견하게 될 거예요.

말
의
힘
.

긍정적인 말, 긍정적인 생각이

현실을 바꿔주진 않아도

현실을 이겨낼 힘은 주더라고요.

발
전
하
는

중.

안 그런 것 같아도

매일 조금씩 발전하고 있어요.

배
터
리
충
전.

대체로 가장 많이 생각나는 사람.

그 사람에게 기대면 마음의 배터리가 채워진다.

기
회.

기회란 건 왔을 때는
모르겠어.

지나간 다음에야 그게
기회였다는 걸
알게 돼...

지금이 기회야.
아냐… 아직은 때가 아닌 거 같아.

수없이 고민하고
수없이 지나쳐 보내고.

기회라고 생각지 않았던 일들이
기회로 만들 수도 있었던 일들이었음을 알아가며
더는 후회를 만들지 않기 위해 애씁니다.

대
신
밥
은
네
가
.

가
까
울
수
록.

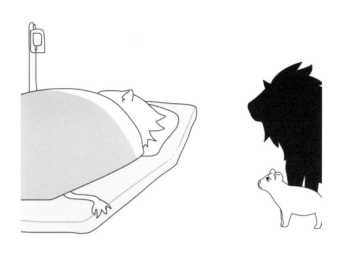

숨기지 말아주세요.

참지 말아주세요.

내게 그냥 의지해주세요.

나를 사랑한다면 그렇게 해주세요.


기대는 것도 나를 사랑하는 방법 중 하나예요.

그
만
할
래
요.

그만할래요...

눈앞에 결과가 보이지 않으면
힘이 빠질 때도 있습니다.

하지만 당장의 성과만이
결과의 전부라고 할 수는 없어요.

생각보다 시간이 필요한 일일지 모릅니다.

낙담하긴 일러요.
최선을 다했다면 말이에요.

소중한 존재.

제가 생각하는 것만큼

갠 저에 대해 고민하지 않는 것 같아요.

잉꼬 씨.

내가 100을 준다고 해서 상대방에게도 100을 바라면 안 돼요.

계산하며 친구를
대하지 마세요.

소중한 것에
가치를 매길 순
없잖아요.

내가 이만큼 해줬는데
전부 배려했는데

해준 만큼 돌아오지 않을 때
가끔 서운함이 일기도 해.

그런데 사실 그런 거 안 해도
내겐 여전히 소중한 친구이기에.

진정한 친구는
가치를 매길 수 없는 소중한 존재이기에.

어떤 친절한 사람.

좋아해요.

행복했단다.

천천히 오렴.

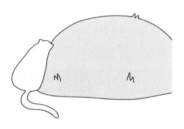

당신을 만나서, 그게 당신이어서,
정말로 행복했습니다.

아
맞
다.

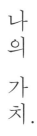

나의 가치.

잘하는 게 없다고 해서
가치 없는 사람이 되는 건 아니야.

반드시 잘해야만 하는 것도 아니고
아직 발견하지 못했을 수도 있고
지금은 아니지만 나중에 잘하게 될 수도 있어.

어느 쪽이 되었든
너는 처음부터 지금까지 항상
빛나고 있는 사람이야.

잊지 마.

자꾸 잘해주는 사람.

143

그 사람에게 관심이 갈 줄 정말 몰랐는데
자꾸만 잘해주고 싶어져요.

남은 인생도 잘 부탁해.

어디 갔었어.

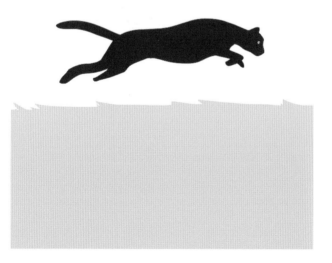

149

어디 갔었어.

너 때문에 심장이 철렁했잖아.

함께하지 못하는 이유.

여행하는 것도
별로 좋아하지
않아요.

함께 있는 시간이
더 늘었네요.

하지만 그게 함께하지
못하는 이유가 되진 않아요.

긍정적으로 바라볼지,
부정적으로 바라볼지는
내 마음이 정합니다.


내 눈에 어떻게 보이는지,
내 마음이 어떻게 느끼는지가 중요할 뿐입니다.

진
짜

간
다.

진짜 간당!

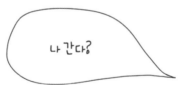

나 간당?

복
수.

떠
나
보
내
는

일.

난 말이야 마지막으로 잠들 때 '수고했어'라고 해줄 애를 찾고 있어.

그때까지 못 찾으면 내가 '잘자' 정도는 해줄게.

싫어졌나요?

난 행복해지고 싶어.

네 잎 클로버의 꽃말은
행운이래.

그럼 세 잎 클로버의
꽃말은 뭐게?

행복이래.

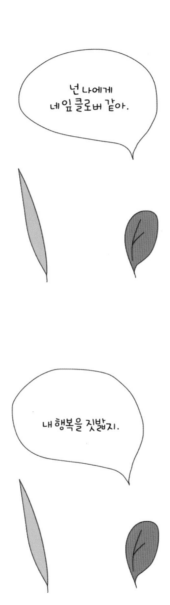

지금이라도 잘 된 거지.
이젠 정말 홀가분해졌네.

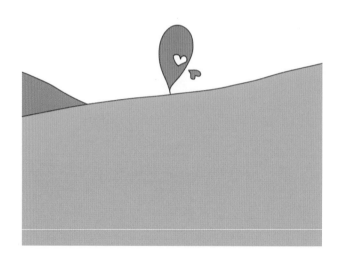

너를 만난 것이
굉장한 행운이라 생각해 열심히 사랑했다.


그런데 이상하게 사랑하면 할수록
나의 행복은 점점 희미해지는 것 같았다.


행운의 네 잎 클로버를 찾느라
행복의 세 잎 클로버를 밟아버리는 것처럼.


행복하려고 한 사랑이었는데
오히려 사랑을 멈추는 쪽이
더 행복할 것만 같은 건 왜일까.


좋아했지만, 불행했다.


이제 그만,
행복해져야겠다.

나
도.

행복해지면 돼.

너무나 미운 사람이 있었다.
나를 싫어하는 그 사람이,
불행해지기를 바랐다.

그런데 그의 불행을 바라고 있는 나는
마음이 편하지도, 시원해지지도 않았다.

그래서 이제는 그만두기로 했다.
내가 행복해지는 것만 생각하기로 했다.
나를 좋아하는 사람들만 생각하기로 했다.

비로소 행복이 찾아왔다.

최
고.

꼭 최고가 될 필요는 없어요.

넌 이미 최고야. 너 자체만으로.

보이는 것, 보이지 않는 것.

눈에 보이는 게 다가 아니라는 걸 알아도
다른 이의 잘 된 모습, 좋아보이는 모습이
내가 바라던 모습과 겹쳐지면
어쩔 수 없이 부러워지곤 합니다.
그러다 이런 생각이 들기도 합니다.
"운이 좋았구나. 쉽게 돼서 좋겠다.
나는 이렇게 오래 걸리는데, 너는 한 번에 되는구나."

그렇지만 역시
눈에 보이는 게 다가 아닙니다.
반대로 생각해보면 금방 알 수 있어요.
내가 하는 노력, 내가 쏟는 시간, 내가 하는 생각을
사람들은 알지 못한 채 얘기합니다.
내가 힘들게 하고 있다는 걸 알지 못합니다.
하지만 나는 잘 알고 있잖아요.

'어쩌다 된' 게 아니라 '겨우 한' 것이라는 걸.
그들에게 보이지 않는 게 있다는 걸.

고
민

대
신.

한 번도 가보지 못한
길에 대해 고민하는 건
바보 같은 짓이야.

중요한 건 얼마나
덜 후회하느냐
마느냐의 차이지.

나
보
다

좋은

동물.

너보다 좋은 동물 없어.

나한텐 특별해.

눈물이 흐르는 이유.

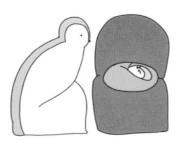

빛의 속도로.

영화 속 한 장면처럼.

당신과 함께.

채
워
지
다.

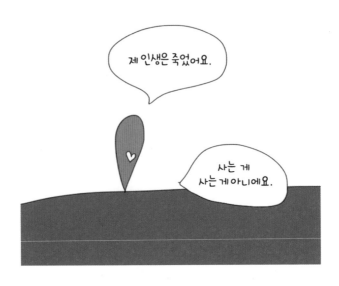

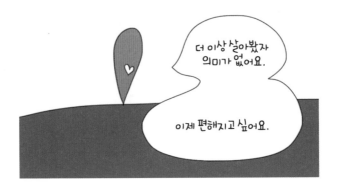

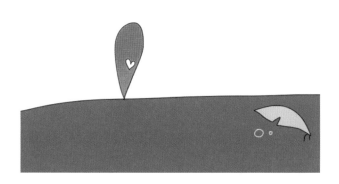

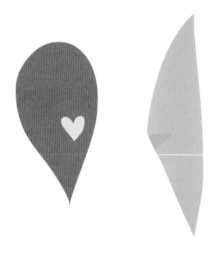

상처로 인해 생긴 서로의 빈 부분을

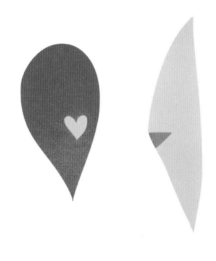

서로의 색으로 채워나갑니다.

좋아하는 걸 하면.

마
음
속
에 .

그래서 그 귀신이...

ㅋㅋㅋ무서운
얘기하지마!

맞아! 어제
아띠아띠 새로 나온
신간 봤어?

나는 아직 너를 놓기가 어렵나봐.

사람들을 만나도
어디를 가도
자꾸만 너와 함께 있어.

너는 이미 갔는데.

언젠가 너를
정말로 보내줄 수 있을까.

너를 또 다시 볼 수 있을까.

238

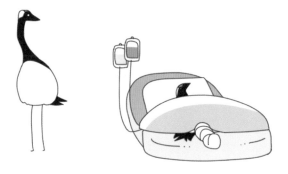

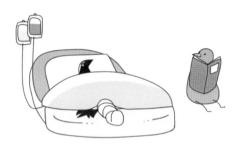

어서 와.

당
연
하
지

않
은

것 .

하지만 너와 네 주변에
피해를 준다면

참으면 안 돼.

그건 널 좋아하고
아껴주는 이들에 대한
배신이거든.

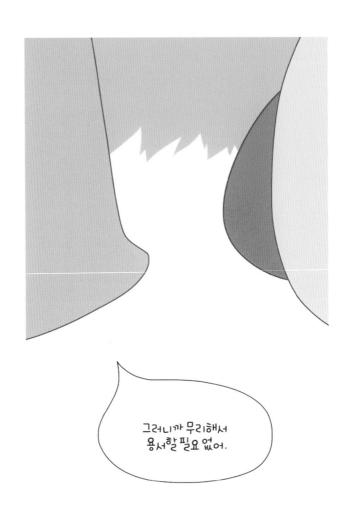

같이 주고받으면.

좋아하는 감정엔
유통 기한이 있어서

혼자만 쓰다간
그 기간이 빨리 끝난대.

다름.

나한텐 이게 보통인데...

남들과 다르다고 해서 잘못된 건 아니에요.
그저 조금 다를 뿐이에요.

나는 이게 편하고, 나한테는 이게 보통인걸요.
내가 틀린 사람은 아니잖아요.

그저 조금 다른 사람이지요.

욕
먹
을
까.

개가 날 싫어하는데
친한 척한다고 욕먹을까 봐
두렵군.

좋아하는 사람들만 신경 쓰기에도
모자란 인생입니다.

나의 소중한 사람.

267

다시는 너랑 안 놀아

나도 자신보다
약자라는
이유만으로

상처주는 걸
당연히 여기는 놈들이랑
친구할 생각 없다.

남들이 어떻게 생각하든
당신은 나의 소중한 사람입니다.
내 삶을 소중하게 만들어주는
마법 같은 존재랍니다.

너를 위한 말.

네가 첫 번째가
아니라고 해서

소중하지 않은 게 아냐.

듣는 나를 편하게 해주기 위해서 한 말이 아니잖아.
말한 너 자신이 편하려고 한 말이지.

듣는 사람에게는 그저 상처되는 말에 지나지 않아.

그저 위로를 바랐다.

용서해라

상처받지마

상처받는 네가
이상한 거야

항상 그랬다.

내가 상처받아서
엄마에게 얘기하면

못생겼어.

돼지.

여드름 좀 봐.

냄새 나.

성인이 된 뒤 엄마에게

과거에 이런 일이 있었다고 고백했다.

상처받았었다고 말했다.

그리고 지금도 상처받고
있다고 말했다.

네가 왜 상처받아,

무시해.

물론 대답은 전과 같았다.

나는 말했다.

엄마 저는 엄마의 조언을 들으려고
이 말을 한 게 아니에요.

저는 그저 위로가 필요했을 뿐이에요.

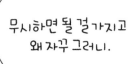

무시하면 될 걸 가지고
왜 자꾸 그러니.

진짜 예쁘다.

날씬해.

피부 좋은 거 봐.

좋은 냄새...

엄마는 상처를 받든 주든
기도하면 모두 용서된다고 믿으셨다.

나는 용서 안 했는데

저 애들은 용서하기도 전에
용서받은거야?

나는 용서 안 했는데?

나의 상처에 대해
대수롭지 않다는 듯
그렇게 예민하게 들을 일이냐며
핀잔주는 말.

대단한 말을 바란 것이 아니었다.
그저 내 잘못이 아니라고,
괜찮다고 다독여주는 말이었다면
이렇게까지 덧나지는 않았을 텐데.

말로 인한 상처는
가까운 사람에게 받은 것일수록
더 크게 생기는 것 같다.

사랑스러운걸 어떡해.

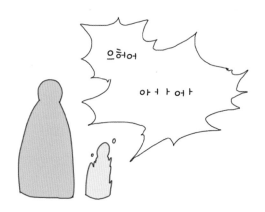

부모가 자식에게 줄 수 있는 큰 선물 중 하나는

서로를 아끼고 사랑하는 모습이래요.

나는 나를 좋아합니다.

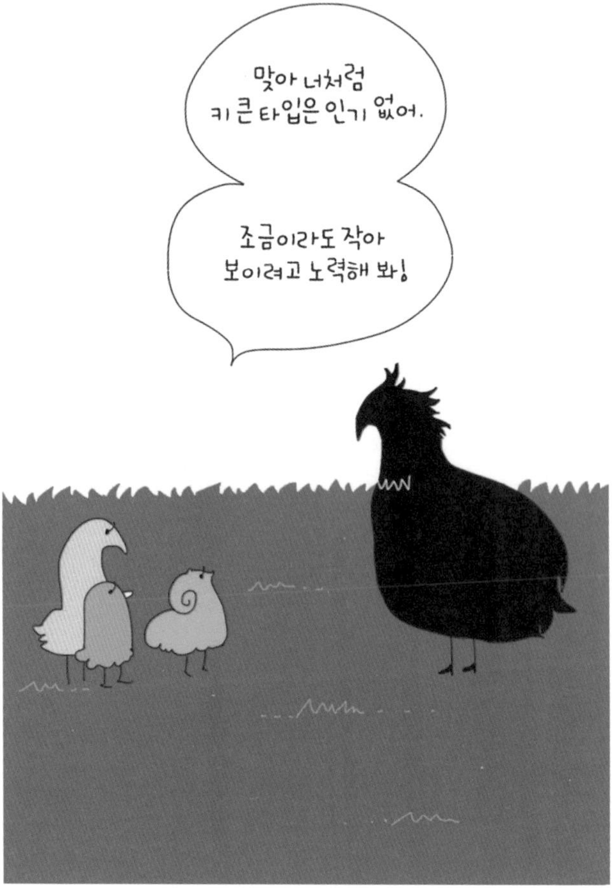
맞아 너처럼
키 큰 타입은 인기 없어.
조금이라도 작아
보이려고 노력해 봐!

나는 내 모습 그대로를 좋아합니다.
이렇게 하면 더 예쁘다, 더 좋다, 라는 말들에는
"그럼 넌 더 행복해질 거다"라는 주장이 담겨있습니다.
그런데 저는 이미 행복한 사람이거든요.

지금 모습이 좋고, 이미 행복한데
다른 이의 시선에 맞춰 모습을 바꿀 이유는 없겠지요.

나는 내가 좋아하는 모습으로 있을 겁니다.
나는 이런 나를 좋아합니다.

비
로
소.

어릴 때는
나라는 존재가 소중하고 특별한 거라 믿었는데
그 생각은 커가면서 점점 희미해져갔다.

나를 대하는 사람들과 세상 속에서
내 모습은 자꾸만 옅어졌고,
내 존재는 참 보잘 것 없는 거였다고
드디어 그걸 깨달았다고 생각하기까지 했다.

하지만 이제 와서야 알겠다.
그건 내 마음먹기에 달려있었다는 걸.
내가 내 자신을 소중히 여기면 된다는 걸.
나부터 나를 소중히 여겨야 한다는 걸.

나를 소중하게 바라보는 이를 보며
늦게라도 그걸 깨닫게 되었다.

비로소 내가 나를
소중히 여기게 되었다.

소중히 여겨 줘.

요즘 말이야
너...랑 만나고 나서부터

자기 비하를 별로 안 하게
되었거든.

내가 장점이 있다는 걸
받아들여도 되는 건가...

이게 자만으로 이어지는 건
아닐까 걱정돼.

너와 함께 있어서 그래.

오늘 햇볕 참 따스하다.

너와 함께 있을 때만큼은
햇볕이, 물결이, 모래가,
모든 것들이
의미 있게 느껴져.

평소에는 별다르게 보이지 않았는데
너와 함께 있으니
이렇게 예쁘고 곱다.

잘
못
한

사
람.

...그래도 세상 모든
생물들이 돌을 싫어하고
괴롭히진 않아.

나만 해도 오빠를
이렇게나 좋아하는걸.

...그래도 요즘 세상에 돌 혼자 축제에 가고 그래.

그건 오빠가 잘못했다 그지? 다음부턴 나 있을 때 가자.

응? 약속! 뚝!

334

잘못한 새는 따로 있고
조심하지 않은 네 탓이라 말 듣는 돌이 있다.


돌이 더 이상 혼자서 축제에 가지 않으면
문제가 해결될까.


돌이 혼자 축제에 가도 아무 문제가 없어야
맞는 것 아닐까.


새 조심해야 할 일이 없는 세상이 되는 게
먼저 아닐까.


왜 자꾸,
돌이 조심하지 않아서 생긴 일이라
말하는 걸까.

포
기
가

아
닌.

원래 인생은 노력한 만큼
나오지 않는 것이 정상이야.

그럼에도 불구하고 넌
포기하지 않고 계속해서
나아가겠지.

난 네가 포기해도 괜찮다고
생각해.

너에겐 포기가 아닌
잠시 쉬었다 가는 길이
될 거라 믿으니까.

잠시 쉬었다 가기로 해요. 우리.


지금보다 더 힘차게 걸을 수도 있고
어쩌면
더 좋은 길을 발견하게 될지도 몰라요.


생각한 대로 움직이지 않는 인생이지만
그만큼 인생이란 정말 알 수 없는 거니까요.

혼자 고민하지 마요.

좋아한다면.

엄마,

저 좋아하는 애가
생겼어요.

근데 다른 애들보다
너무 늦게 좋아한 것
같아서

말도 못 걸겠어요.

좋아한 기간은
중요하지 않아.

그 아이가 네 인생에 얼마나
영향을 끼쳤는가

그게 중요한 거지.

너 지금
이게 무슨 짓이야!

348

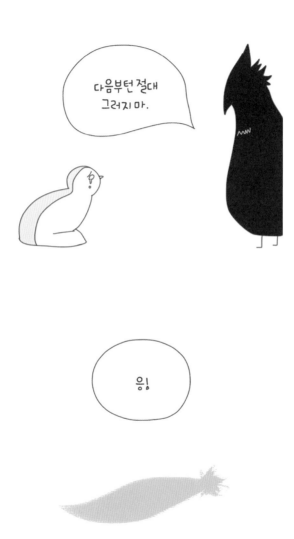

안다고 생각했던 착각.

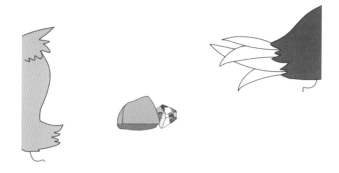

좀 당당하게 걸어.

나까지 쪽팔리잖아!

안다고 생각하는 것만큼 가장 모르는 것은 없다.

생
의

마
지
막
까
지.

잉꼬 씨.

저는 잉꼬 씨에게 정말
부족한 새예요.

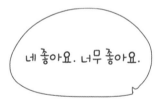

네 좋아요. 너무 좋아요.

잘못 찾아왔어.

산신님
용서해주세요...

제 죄를
사하여주세요...

용서는 나한테
구하는 거 아냐.

여기 와서 기도할 시간에
직접 사과해.

에휴

용기 내어 하는 사과라면
꼭 받아야 할 사람에게 해야 할 거예요.


이왕 큰 용기를 냈다면 말이에요.

똑같은 사람.

내게 어딘가 특별한 점이 있다고 해도
그 부분이 조금 다를 뿐,
나 자체는 평범한 사람.

내 외면이 크고 강하다 해도
겉모습이 그럴 뿐
상처에는 똑같이 아픔을 느끼는 사람.

특별한 것 같은 나는
당신과 똑같은 사람입니다.

인
사.

383

좋아한다면서.

당신이 좋아서
다가가면

왜 당신은
피하기만 하나요?

당신이 당신 생각만
하기 때문이에요.

좋아한다면서
내 생각만 하고 있진 않았는지.

좋아한다면서
내 감정만 보고 있진 않았는지.

좋아한다면
그 사람에 대한 존중부터 시작해요.

시
도.

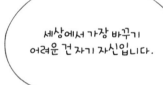

세상에서 가장 바꾸기
어려운 건 자기 자신입니다.

시도하는 것 자체가
대단한 거예요.

시도하는 당신은
이미 예전의 당신이 아니에요.


당신은 이미
대단한 사람입니다.

종
착
역.

모든 삶엔 종착역이 있다.

어떤 종착역은 조금
멀 수도 있고

어떤 종착역은 조금
가까울 수도 있다.

403

있잖아,
쌌낳아,

결국 우린 다시 만나기 위해
살아가는 걸지도 몰라.

나 너무 늦은 건
아니지?

당연하지.

당신의 종착역은 어디인가요?

오
늘
도

충
전
.

엄마 머리 함부로
만지지 마라.

여전히, 당신을 안으면 충전이 됩니다.

예쁘게 만드셔야 할 듯.

내
일
이

죽
는

날
이
라
면.

남은 24시간 동안
못 가봤던 던전과
마을을 돌고

가장 좋아하는
캐릭터와 마지막
사진을 찍을래요.

바로 그거란다,
별거 없어!

내일이 죽는 날이라면
오늘 무엇을 할 건가요?

나를 가장 행복하게 만드는 일을 하고
나를 가장 행복하게 하는 사람과 함께 있겠지요.
그리고 이를 영원히 잊지 않기 위해
눈에 담고 마음에 새길 거예요.

내일 죽는다해도 아쉽지 않을 만큼
가장 행복한 순간을 느끼고 간직하는 것.

그게 바로
내가 오늘 해야 할 일이에요.

이 책의 주인공인 당신은.

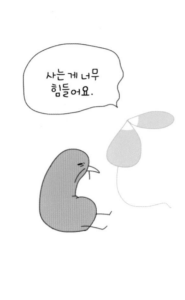

지금 결과가
나오지 않는다고 해서
의미가 없는 게 아냐.

넌 잘하고 있어.

당신은 잘하고 있습니다.

나
의

취
향
,

나
의

선
택
.

427

나의 취향을 바라보는
편견어린 시선에 힘들었던 적 있나요?

남에게 피해를 주는 게 아니라면
남과 다른 걸 좋아하는 건 이상한 게 아니에요.

내가 좋아하는 것, 선택한 것을
남의 시선 때문에 포기하지 말아요.
결국 나 자신을 위한 것이잖아요.

내
탓.

견뎌내기 버거운 상황을
나 자신을 칭찬하는 것으로
이겨내는 방법도 있대요.

현실은 말도 안 되게 만만치 않으니
나도 말도 안 되는 방법을 쓰는 거예요.

"내가 너무 대단해서
현실이 나를 따라오질 못하는군."
"내가 잘난 탓에
이 세상이 나를 감당하질 못하는군."

그러면 말도 안 되게
힘이 생겨나기도 한대요.

한번 해봐요. 혹시 모르잖아요.

고마워요.

기다렸다 같이 가면
되겠네요.

마지막의 마지막까지
잘 부탁해요.

네 증조할아버지는
내 인생의
롤모델이셨단다.

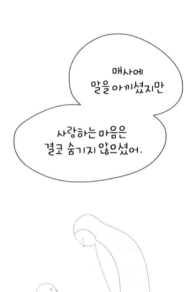

매사에
말을 아끼셨지만

사랑하는 마음은
결코 숨기지 않으셨어.

증조할머니는 당차고
상냥하셨지.

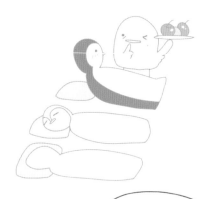

특히 아빠를 무척이나
아껴주셨단다.

하지만...

영원한 삶이 없듯
영원한 이별 또한 없단다.

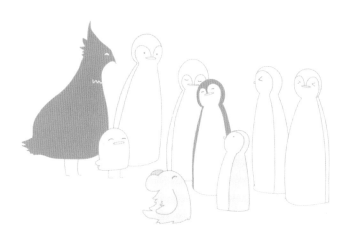

우린 반드시 다시 만날 수 있어.

449

출
발
역.

451

행복했단다.

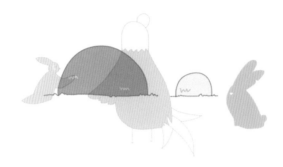

모든 삶엔 종착역이 있다.

어떤 종착역은 조금 멀 수도 있고

어떤 종착역은 조금 가까울 수도 있다.

457

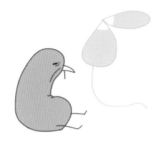

459

이장
쌌냥아,

그래도 우린 분명 다시 만날 수 있어.

당신의 출발역은 어디인가요?

당신 삶의 종착역과 출발역은 어디인가요?

당신 곁에 항상 있던 행복이 보이나요?
행복은 언제나 가까이에 있었어요.

모든 소중한 것들과 함께
이 삶을 살아가요.
당신만의 행복을 안고.

아띠아띠,
내 곁의 행복이 보이기 시작했어

1판 1쇄 발행   2018년 8월 24일
1판 2쇄 발행   2021년 7월 16일

지은이 | 쵸밥
글 | 백구름

발행인 | 황민호
콘텐츠4사업본부장 | 박정훈
마케팅 | 조안나 이유진 이나경
국제판권 | 이주은
제작 | 심상운
디자인 | 섬세한곰 www.bookdesign.xyz

발행처 | 대원씨아이㈜
주소 | 서울특별시 용산구 한강로 3가 40-456
전화 | (02)2071-2019
팩스 | (02)749-2105
등록 | 제3-563호
등록일자 | 1992년 5월 11일

© 쵸밥 / 다음웹툰컴퍼니 2018

ISBN  979 - 11 - 334 - 9055 - 4  03810